"博洛尼亚书展最佳童书奖" 系列

彼此间的森林

〔比〕梅拉尼·吕滕 著

苏迪 译

人民文学出版社
PEOPLE'S LITERATURE PUBLISHING HOUSE

"哇！"

草丛中，一个柔弱的声音大叫，

"看……它砸到了我的脑袋！它闪闪发光……"

"真好看……"一个甜美的声音回答。

风扬起，但叶子没有落下。

"把它藏起来？"那个柔弱的声音说，"这是我们的秘密！"

"好！把我抬起来。"另一个人的声音回答。

"哇……你真重！有秘密，真开心！"

那个柔弱的声音说。

"嗯……"

从前

她不记得从前，
但有人告诉她，
爸爸妈妈曾在一起跳舞。
他们时常拥抱。

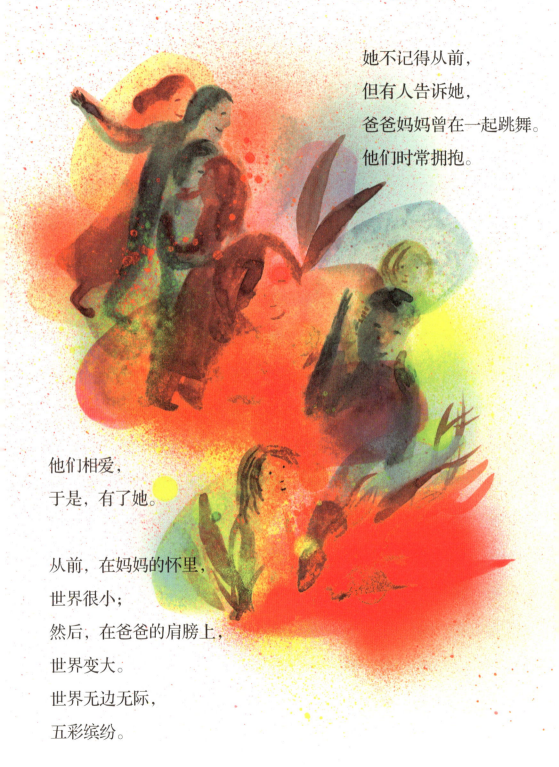

他们相爱，
于是，有了她。

从前，在妈妈的怀里，
世界很小；
然后，在爸爸的肩膀上，
世界变大。
世界无边无际，
五彩缤纷。

家里很亮，

牛奶布丁蛋糕很香。

太阳每天早上升起，

然后晚上落下。

夜晚，爸爸妈妈时常大声说话。

她想重新变小，

躲在她最爱的杯子后面，

聆听大人的心声。

一天，家里一片漆黑。

然后有了两间屋子。
爸爸妈妈不再相爱。

都是她的错？
爸爸妈妈不再爱她了？

她不懂大人的故事。
世界失去了颜色。

她发脾气，
冲着爸爸妈妈。
冲着所有人。

因此她成了士兵。

森林苏醒。

这个故事……
关于一个活在两个家
之间的士兵。

蓝色的森林

士兵累了，
就会躲进秘密营地。
森林是蓝色的。
在那里，她可以闭上眼睛。

于是，她看见……

小灾难……

大幸福……

另一些灾难……

另一些幸福……

她幻想在那儿，

或者在那儿……

士兵在空心的太阳
中入睡。

红色的森林

醒来后，

士兵依旧是士兵。

她不开心。

于是，奔跑、

叫喊、

击打、劈砍……

森林是红色的。

她骚扰小动物，

跟他们说恐怖的故事，

或者对他们

视而不见。

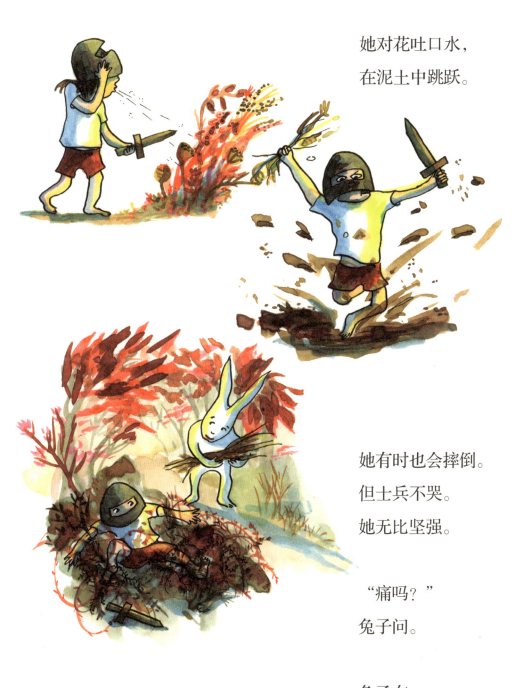

她对花吐口水，
在泥土中跳跃。

她有时也会摔倒。
但士兵不哭。
她无比坚强。

"痛吗？"
兔子问。

兔子在，
就会变得不一样。
他们分享秘密。

他们
和猫一起，
爬火山。

为了将来，
兔子练习搭房子。
猫的心情总是很好，

一说到重点，他就舔爪子。
他惹恼了士兵。

"你为什么戴头盔？"
猫问，"因为害怕？"
"不，我不害怕！"
士兵气愤地说，
"闭嘴！"

士兵一生气，就呆坐：
她不动，也不说话。

　　兔子的爸爸和母狼来了。

　　"石头房子更坚固！"他对兔子说。

　　这个，是猫搭的。

　　"稻草房子也很漂亮。"母狼说。

公鹿和母狼不停地亲吻。

他们走后，猫问：

"你羡慕吗？"

"不！"兔子回答。

士兵已不再呆坐，她画画：

一片红色的森林，一片蓝色的森林……

她说："爱……是生命的全部！"

"还有足球！来踢一场？"猫问。

金丝雀来了。他有一个秘密，但无人知晓。

"不，"士兵回答，

"我们赛跑：

看谁先到那棵大柏树！

数到三出发！

金丝雀，你不准飞！

一……二……"

刚数到二，

猫就出发了……

他想赢得比赛。

士兵和金丝雀也一样。

于是，他们一边奔跑一边叫喊！

士兵挥剑怒吼，
猫应声栽倒，
金丝雀又飞又挠，

士兵用力拍打，
猫紧抓不放，
金丝雀用嘴啄咬……

他们一起滚落。

"我们比赛爬树。"
猫一边舔爪子一边说。

"赢了！赢了！"
士兵大叫，"我赢了！"

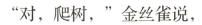

"对，爬树，"金丝雀说，
"看谁先上树！"

士兵不想比赛爬树。

她不会爬大柏树，

她回她的某一个家。

"树上的风光很好！"猫大叫。

"真棒！"金丝雀大叫。

对于士兵，有些东西实在太大。

她没有看见远处的两个家已被点亮，

如同两盏夜灯。

黑色的森林

这个夜晚，书在石头
和不想掉落的叶子边上讲故事。

没人知道大母熊什么时候来。
金丝雀一边等，一边折纸。

夜晚，适合讲故事。

树枝，暂时将它们扣留，

然后又将它们抛入黑暗。

有一个故事关于不想剪指甲的男孩，

有一个故事关于不想抱妈妈的男孩，

有一个故事关于融化的书。

有一个故事关于雨伞下的十只小猫，

有一个故事关于裂开的杯子，

有一个故事关于跳上月亮的牛，

有一个故事关于跨过高山的人……

有一个故事关于赛跑的雨滴，

有一个故事关于和汤匙一起出走的盘子……

还有一个故事关于变小后

被眼泪淹没的小女孩。

这个故事士兵最喜欢，

但书没有讲。

士兵说:

"给我们讲一个恐怖的故事!"

"不!"金丝雀说,"讲一个蛋的故事!"

石头喜欢旅行的故事,

猫喜欢球的故事,

兔子喜欢爱情故事。

各有各的故事。

"仔细听,"书说,

"我有一个真实的故事!

今天早上,我找到了一块金币。

接着,第二块,第三块!

第一百块……"

然后,整个白天,

书都在分发和撒金币。

落日时,他许了一个愿,

扔出了最后一块金币。

"我们去找书的那块金币！"

大家异口同声。

除了金丝雀。

他很不安，因为他有一个秘密，

他不知道是否应该说出来。

"天完全黑了。"他说。

"该睡了。"书回答。

"明天太阳会升起吗？"

他问。

"睡吧！"猫说。

大家都睡了。

除了书，

因为他是书，

另一个，也没睡。

士兵也有疑问。

书有时知道如何回答，有时并不知道。

"为什么叶子不想掉落？"士兵问。
"也许她还没做好准备，也许对她来说，时机不对……"
书回答。
"也许她不希望夏天终结。"士兵说。
"也许……"
"但这并非她能决定。"士兵插话。
"嗯，是的。但春天会回来。"书说。
"也许她不想改变……"
"也许。"书回答。

"为什么你总说'也许'？"
"因为我并非什么都知道。"

黄色的森林

第二天，大家开始寻找书的宝藏。

唯有一个，一如既往。

黄色的森林。

他们找到了一只漏气的球，

松果一家，一块被扔掉的蛋糕，

一封情书，猫的弟弟

和一辆红色的车……

他们偶尔……

捉迷藏，

要么，
看东西，

跨越障碍物，
打架，

走独木桥，

躲猫猫，

他们也尝试变高。

"在这儿，"金丝雀大叫，
"看我找到了什么！"

士兵想争先，但摔倒在地。
金丝雀笑了，她找到了一片金雕羽毛。

"笑什么！"士兵生气地说，"另外，小金丝雀，谁最厉害？"
"我！"金丝雀回答，"我和石头有一个秘密。"
"呸……羽毛！秘密！都毫无意义！"士兵恼火地说。
"我们找到了书的宝藏！"金丝雀大叫。

金丝雀说出了他的秘密。
"骗子！我不信！"
士兵冲着金丝雀大吼，
"小金丝雀，大骗子！"

金丝雀不知道
他是生气还是难过。
他后悔说出秘密。
他走了。

"我不想当那个
最厉害的！"兔子说。
猫决定去踢球。

大家都走了。
"回来！"
士兵大吼。

灰色的森林

在秘密营地，
士兵没睡着。
在林间空地，
石头在睡觉，
叶子还是不想掉落。

士兵继续画画。
风扬起。

"不愿掉落的叶子掉了！"士兵喃喃地说。
"叶子掉了！"她大叫。
"森林是灰色的。"她继续大叫。
石头没有醒，没人过来。

雨落在森林里，

落在画上。

全都混在了一起。

眼泪代替了话语。

这正是小女孩被眼泪

淹没的故事。

大母熊来了。

她不会说话，但将女孩抱紧。

她摇晃女孩，就好像在说：

"小士兵，这不是你的错。

一些东西消失。

另一些东西新生。

叶子发芽，生长，

变大，茁壮。

你也一样。

就是这样。

大人永远都爱他们的孩子。"

在她们周围，另一些叶子掉落。

然后

雨后，
话语回来了。
大母熊帮士兵
爬上一棵小树。

继续往上，小树连着大树。
士兵爬上了大柏树。

她在树顶
见到了
发脾气的金丝雀。

"你的羽毛……很漂亮。"士兵说。

金丝雀不知如何回答。

于是，他说："没什么……"

然后他又说："现在你信了？"

"嗯！"士兵回答。

金丝雀飞向石头寻找秘密。

士兵不再生气。

她在她的两个家之间，

看着明媚的森林。

森林无边无际，五彩缤纷。

"我们已经没有东西可找了，"兔子说，"真难过！"

"我们可以再扔一次？"猫提建议。

"好，"金丝雀说，"我来扔……闭上眼睛！"

"金丝雀，扔远点！"士兵说。

"我们都许一个愿！"兔子大喊。

"别作弊！"猫说。

四点钟，他们潜入森林。

士兵第一个到。

河笑了。

水面上，士兵的倒影闪闪发光。

士兵对雷奥尼微笑。

雷奥尼也对她微笑。

但河里还有一个人。

士兵想找她的头盔、她的剑，

但兔子和金丝雀将她

推向了另一个女孩。

"看！在那儿！它闪闪发光！"她说。

这个故事关于······

一只金丝雀、一只兔子、一只猫、
一个海盗、一个士兵、一个宝藏。

著作权合同登记号 图字 01-2020-1697

La forêt entre les deux
© Editions MeMo, 2015
Simplified Chinese translation rights © 2020 by Shanghai 99 Readers' Culture Co., Ltd.
ALL RIGHTS RESERVED

图书在版编目(CIP)数据

彼此间的森林 / (比) 梅拉尼·吕滕著；苏迪译
. -- 北京：人民文学出版社, 2021
(博洛尼亚书展最佳童书奖)
ISBN 978-7-02-016057-0

Ⅰ. ①彼… Ⅱ. ①梅… ②苏… Ⅲ. ①儿童故事—图
画故事—比利时—现代 Ⅳ. ①I564.85

中国版本图书馆CIP数据核字(2020)第011958号

责任编辑 甘 慧 汤 淼
装帧设计 李 佳

出版发行 人民文学出版社
社　　址 北京市朝内大街 166 号
邮政编码 100705

印　　刷 凸版艺彩(东莞)印刷有限公司
经　　销 全国新华书店等

字　　数 5千字
开　　本 720毫米×1000毫米 1/16
印　　张 3.5
版　　次 2021年11月北京第1版
印　　次 2021年11月第1次印刷

书　　号 978-7-02-016057-0
定　　价 50.00 元

如有印装质量问题, 请与本社图书销售中心调换。电话:010-65233595